목차

KB090362

목차

캐릭터 소개

개성있는 캐릭터들이 알려주는
부산의 '먹거리! 볼거리! 즐길 거리!'

부산언니 패밀리와 함께
#다녀오겠습니다 부산

캐릭터 소개

–

BUSAN UNNIE FAMILY
부산언니
패밀리

자신만의 화장을 고수하는 부산언니. 부산의 예쁜 곳을 찾아다니는 것을 좋아해 작은 여행사를 차려서 친구들이 좋아하는 여행코스(부산언니 코스)를 만들고 공유하여 폭발적인 인기를 끌고 있다. 사진을 찍었을 때 가장 예쁜색이 핑크색이어서 핑크색 아이템을 모으는 게 취미. 페이스북에 올릴 사진을 찍기 위해 카메라를 항상 들고 다닌다. 입술에 알코올이 닿으면 신비의 묘약이 분비되는데 이 묘약을 조금이라도 먹게 되면 처음으로 눈에 들어온 이성과 사랑에 빠지게 된다.

자기애가 강하고 자기 멋대로 행동하는 **기분파** 부산오빠. 할아버지 때부터 이어져 온 상당한 부동산을 곳곳에 가지고 있으며 현재 부산에서 가장 유명한 **호텔, 클럽, 요트 사업의 대표**로 활동 중이다. 어렸을 때부터 해양스포츠를 즐겨 해서 **바다의 파란색**을 좋아하게 되었다. 집안의 유전으로 상대의 눈을 보면 그 사람의 하루를 볼 수 있다(하지만 초롱이에게는 통하지 않음).

항상 **자신감**이 넘치고 **도도함**이 매력인 부산이모. 부산이 고향이지만 일찍이 유럽으로 유학을 떠나 30대 초반에 세계에서 인정받는 **페스티벌 기획자**로 성장했다. 부산을 축제의 도시로 만들기 위해 귀국했다. 동백꽃을 가장 좋아해서 동백꽃 모양의 귀걸이를 자주 하고 다니며, 머리부터 발끝까지 빨간색으로 치장하고 다닌다. 돈 냄새를 기가 막히게 맡는 코를 가지고 있다. 돈이 되는 것은 뭐든지 찾아내는 코 덕분에 그녀가 기획한 모든 행사는 성황을 이룬다.

무심해 보이지만 **정이 많은** 부산아재. 동료가 죽는 사고로 특수부대를 떠나 초롱이 할아버지가 키운 어묵공장의 트럭운전을 하고 있다. 운전할 때 가장 편한 트레이닝복만 입고, 발에 땀이 많아 슬리퍼를 자주 신는다. 또 여기저기 운전하고 다니면서 사람들의 이야기를 듣는 것을 좋아하다 보니 좀 더 친근해 보이기 위해 **초록색 옷**을 즐겨 입는다. 그의 유난히 긴 귀는 **100m 밖의 소리까지 다 들을 수 있다.** 주변에서 일어나는 **사건, 사고**들을 꿰고 다니며 **약자들을 항상 도와주는 정의의 사나이.**

부산언니 패밀리가 알려주는
책을 200% 즐길 수 있는 방! 법!

가게 이름과
이곳의 분위기를
표현하는 한마디!
그리고 point를 나타내는
해시태그야!

이곳의
대표 메뉴는 2가지!
음식마다 맛있게
먹는 방법도 있으니
참고하렴~

전국에서 가장 맛있는 껍데기를 맛볼 수 있을 겁니다.
초필살돼지구이에 오시면

손님들에게
전하는
사장님의
진심 어린
한마디!

가게 상세
정보와 이곳을
더욱 즐길 수
있는 꿀 TIP.

부산
소개

● 언니가 추천하는 맛집

해운대구
달타이
비비비당

남구, 수영구
리안광
미미루
FRUTO FRUTA

부산진구
Bruce
Alike coffee
inouf

영도구, 중구
GEMSTONE
바우노바 백산

● 이모가 추천하는 맛집

해운대구
LABLE
키친동백

남구, 수영구
황금어장

부산진구
농부핏자
음주양식당 어부

● 오빠가 추천하는 맛집

해운대구
경성온족발
몽(夢)
요리구락부
초필살돼지구이

남구, 수영구
루반커피
을지로골뱅이
kitchen.woo

부산진구
골치기
미누식당
burgershop
코끼리식품

● 아재가 추천하는 맛집

해운대구
구미포 원조할매복국

남구, 수영구
다케다야
무궁화
문화골목
용호동 할매 팥빙수

부산진구
소설담

영도구, 중구
삼진어묵
종각집
남포동 먹자골목(창선동골목)
남포동 먹자골목(구루마골목, 팥빙수골목)

해운대 해수욕장

부산하면 떠오르는 해운대구

봄에는 벚꽃 구경하러 '달맞이길'로
여름에는 부산의 상징 시원한 '해운대해수욕장'으로
가을에는 바다철길을 따라 걷는 '미포철길'로
겨울에는 동백꽃으로 붉게 물드는 '동백섬'으로

● 부산언니　● 부산이모
● 부산오빠　● 부산아재
○ 관광지

해운대구

⑦
③
②④　④　⑥
①　⑤⑨③
18　⑤

관광지　① 동백섬　② 해운대해수욕장　③ 미포철길　④ 달맞이길

1. 경성온족발	4. LABLE	7. 요리구락부
2. 구미포 원조할매복국	5. 몽(夢)	8. 초필살돼지구이
3. 달타이	6. 비비비당	9. 키친동백

"따뜻한 족발로 전하는 따뜻한 마음"
-
경성온족발

#60년대경성부 #찢은족발 #쫀득쫀득 #하루3번삶는족발 #영화의거리

가게 인테리어 때문에 괜히 부담 느끼지 마세요.
언제든지 편하게 오셔서 푸짐하고
따뜻한 한끼 식사 하시고 가셨으면 좋겠습니다.

땡고추족발 부산의 냉채족발을 '경성온족발'만의 방식으로 재해석함! 다양한 야채와 족발을 만두피에 말아먹는 방식으로, 다른 곳에는 없는 독특한 메뉴.

찢은 족발 살코기의 식감과 껍질의 고소함을 그대로 느낄 수 있는 메뉴. 말 그대로 찢어져서 나오는 족발임!

옛날 기방 컨셉의 인테리어를 가지고 있는 '경성온족발'

하루에 3번이나! 족발을 삶기 때문에 언제 가도 늘 따뜻한 족발을 맛볼 수 있음.

냉채족발을 변형한 '땡고추족발'과 '찢은 족발'은

다른 족발집에서 볼 수 없는 매장 시그니처 메뉴!

족발은 맥주랑 먹기 딱이지~

매콤한 땡초 족발 한입 뜯고 칼칼해질 때쯤 시원한 맥주 한잔이면~ 크.

여럿이서 가기도 좋고 모임 있을 때 가기도 좋으니 족발 당길 때 가보길!

| 경성온족발 |

운영시간 : 17:00 ~ 02:00 (일요일 23:00까지)
브레이크 타임 : X
휴무 : 연중무휴

주차 : 가능
위치 : 부산 해운대구 마린시티 3로 23
문의 : 051-747-5519
※ 가게 사정에 따라 변동될 수 있습니다.

 족발 먹으면서 얼큰한 순댓국이랑 순대도 먹을 수 있음~ 참고로 무한리필이다!

"시원한 복지리 한 뚝배기 하실래예"
-
구이포 원조할애복국

#진짜원조 #복지리 #복어찜 #밀복 #해장 #미포철길입구 #미포철길

> 손님들에게 더 좋은 생선을 더 푸짐하게 드리고 싶어서
> 유통과정도 줄이고 재료도 아끼지 않고 팍팍 쓰고 있습니다.
> 오셔서 맛있게 드시고 가주세요.

복지리 / 복매운탕 시원한 국물과 실한 복어. 신선한 야채의 식감의 복지리와 시원한 매운맛을 내는 복매운탕은 해장으로 손색이 없다. 입맛에 따라 식초를 한두 방울 뿌려 먹는 것도 복국을 즐기는 또 다른 방법이다.

복어찜 복어가 정말 푸짐하게 나온다. 고소한 복어살과 아삭한 콩나물이 소스와 잘 어울린다!

아재가 소개할 오늘의 맛집은 시원한 국물로 심금을 울려버린 '구미포 원조할매복국'!

여기는 매일 아침 들어오는 까치복, 흰밀복을 당일 손질, 조리하고 있음.

그래서 신선함은 물론! 맛까지 최고다!

'구미포 원조할매복국'은 해운대에서 가장 처음 복국을 팔았던 '진짜 원조집'이거든?

한번 가서 먹어보면 '진짜 원조'라는 단어가 아깝지 않으니, 꼭 들러 보길 추천!

사장님 인심도 장난없어가 첫 방문에 바로~ 단골등록~~

진짜 '원조집' 구미포 원조 할매복국. 시원하이 한 뚝배기 어떤데?

| 구미포 원조할매복국 |

운영시간 : 06:00 ~ 23:00
브레이크 타임 : X
휴무 : 연중무휴

주차 : 가능
위치 : 부산 해운대구 달맞이 62번길 1
문의 : 051-742-2790
※ 가게 사정에 따라 변동될 수 있습니다.

복어 꼬리를 태워 넣은 '히레사케'가 준비되어 있다. 해장술 어떤데?

15

"달맞이 고개의 작은 태국야시장"
-
달타이

#태국 #태국야시장 #타이음식 #팟타이 #가구부터셰프까지 #다태국 #달맞이고개

음식점에 왔으면 배부르게 잘 먹고 가는 게 중요하다고 생각해요.
그래서 저희는 음식도 푸짐하게 내드리고 있고요.
손님들이 맛있고 배부르게 드시고 가셨으면 좋겠어요.

푸팟퐁커리 풍부한 카레향과 오도독 씹히는 풍미 가득한 게가 만났어! 맛있는 식감은 물론이고 즐거움까지 맛이 두 배!

팟타이 태국 대표 음식인 팟타이! 먼저 레몬을 뿌려주고 같이 나오는 땅콩 가루와 태국식 고추를 섞어 먹어봐! 입 안에서 단맛, 신맛, 짭짤한 맛들이 춤을 출테니까!

태국에 직접 가지 않고도 태국의 분위기와 음식을 느낄 수 있는 곳!

바로바로 달맞이 고개에 위치한 '달타이'라는 음식점이야.

들어가는 순간 태국에 왔다고 착각하게 될걸!

왜냐하면 테이블, 의자, 그림, 전등 등 가게 안의 모든 것들이 태국에서 공수해온 것들이고

셰프님까지 태국 사람이셔~

향신료가 두렵다고? 걱정 No! '달타이'의 음식은 누구나 편하게 다가갈 수 있어.

그래서 향신료에 거부감이 있는 사람들이 '달타이'에 왔다가

오히려 동남아 음식의 매력에 푹 빠져서 간다고 해!

그럼 오늘 저녁은 태국 음식 어때?

| 달타이 |

운영시간 : 12:00 ~ 22:00
브레이크 타임 : X
휴무 : 연중무휴

주차 : 가능
위치 : 부산 해운대구 달맞이길 193
문의 : 051-741-1122
※ 가게 사정에 따라 변동될 수 있습니다.

 혹시 음식의 간이 약하다면
테이블 위에 있는 남플라소스(태국식 액젓)을 곁들여 먹는 센스~

"our lab to your table"

–
LABLE

#캐주얼다이닝레스토랑 #요리사가직접서빙 #이게진짜소통 #연어타르틴 #해운대해수욕장

> ‘레이블’은 좋은 사람들과 맛있는 음식을 나눌 수 있는 곳이에요.
> 다이닝이라는 말에 부담 가지지 마시고
> 편하게 찾아주셨으면 좋겠습니다.

연어타르틴 프랑스 북부 지방의 오픈샌드위치를 뜻하는 타르틴! 사워도우 위의 와사비 마요네즈와 훈제연어, 폰즈소스와 허브까지! Fresh함의 끝판왕이지. 이거 먹으러 간다고 해도 과언이 아니란다~

안심스테이크 안심스테이크에 트러플 메시, 계절 야채, 그리고 무려 세 가지 소금까지! 숯소금, 포르치니소금, 타임소금과 스테이크의 궁합이 궁금하지 않니?

오늘만큼은 얼큰~한 한식 말고 마치 외국에 온 것처럼 이탈리안, 프렌치 스타일이 당긴다!

그렇다면 바로바로 해운대에 위치한 'LABLE'!

LAB과 TABLE의 합성어로 마치 하나의 작은 연구실 같은 레스토랑이지!

여기만의 특별한 점 하나! 그건 바로 셰프님들이 음식을 직접 만들고 서빙까지 한다는 거!

직접 연구한 요리들을 서빙하면서 손님과 진정한 소통을 하는 곳이라니, 딱 내 스타일 ^.^

연말 또는 기념일 데이트에 음식으로 실패하기 싫다면 두말하지 말고 가봐라~

참! 식당이 비교적 좁으니 가기 전에 예약하는 센스 알제?

| LABLE |

운영시간 : 11:30 ~ 21:30
브레이크 타임 : 15:30 ~ 17:00
휴무 : 월요일

주차 : 가능
위치 : 부산 해운대구 해운대해변로 298번길 24
문의 : 051-742-0700
※ 가게 사정에 따라 변동될 수 있습니다.

가기 전에 꼭 예약하고 가기다~

"부산 4경과 함께 즐기는 계절을 담은 가이세키"
–
몽(夢)

#가이세키요리 #일본코스요리 #생와사비 #부산4경 #달맞이고개

> 가이세키 전문점이 처음이라면 저를 먼저 찾아주세요.
> 손님들의 입맛과 취향에 맞는 코스,
> 한 사람을 위한 작품을 만들어 드리겠습니다.

20

코스한상차림 코스요리는 제철 식자재를 이용해 차가운 요리, 따뜻한 요리, 회 한 접시, 식사, 디저트 아이스 홍시로 마무리됨!

생와사비 사시미와 함께 나오는 생와사비는 서빙하는 직원들이 직접 갈아줘, 눈앞에서 만든 생와사비를 맛볼 수 있는 흔치 않은 기회임!

전망 좋은 일식 레스토랑을 찾는다면 여기!

일본의 코스요리인 가이세키 전문점 소개해 줄게.

계란찜으로 시작해서 제철 생선 사시미 찜, 식사는 기본,

후식으로 아이스 홍시까지 주심. 굿!

코스요리의 하이라이트는 사시미와 함께 나오는 생 와사비인데,

고소한 맛과 함께 코끝 찡~하게 오는 그 맛이 엄청 매력적이야ㅋㅋ

재료 본연의 맛을 그대로 느낄 수 있게 사시미를 준비해 주는 것도 이곳의 특징!

이렇게 먹다보면 사케가 그냥 막 당김..

국산 주류도 다양하게 준비되어 있으니 애주가들이라면 꼭 가보는 걸 추천!

I 夢(몽) I
운영시간 : 12:00 ~ 23:00
브레이크 타임 : X
휴무 : 명절휴무

주차 : 가능
위치 : 부산 해운대구 달맞이길 120
문의 : 051-742-8994
※ 가게 사정에 따라 변동될 수 있습니다.

창가 자리에서 부산의 4경을 즐기며 먹는 게 최고니 무조건 예약하고 가~

"전통차와 함께 느리게 가는 시간"

비비비당

#전통카페 #전통차 #끝장뷰 #여름엔단호박빙수 #15년황차 #달맞이고개

> 요즘처럼 바쁜 경쟁시대에
> 사람들이 '비비비당'에서 짧은 시간이라도
> 편안하게, 느리게 쉬어가셨으면 좋겠습니다.

15년 황차 우정녹차를 15년간 발표시킨 황차!
오래 발효한 만큼 떫은 맛이 덜하고 깊은 풍미
와 향이 가득! 춥고 쌀쌀한 날씨에 황차 한 잔
이면 몸이 사르르~

단호박 빙수 달달~한 빙수가 당긴다면 추천!
직접 만든 단호박 식혜를 꽁꽁 얼려 만든 '비비
비당'의 대표 메뉴!

오늘은 아메리카노 말고 향긋한 전통차가 끌리지 않아?

부산 바다 뷰를 아래에 두고 전통차를 맛볼 수 있는 '비비비당'을 소개할게!

전통차라고 해서 떫고 쓰쓸한 차들만 있는거 아니냐고? 놉!

전통차뿐만이 아니라 달다구리~ 단호박 빙수를 비롯해서 꽃차나 오미자차 등!

전통차를 잘 몰라도 쉽게 다가갈 수 있는 메뉴들이 준비되어 있어~

물론 차와 함께 곁들여 먹을 수 있는 다식도 빠질 순 없지.

매일 매일 달라지는 바다와 하늘을 보며 마시는 차라니! 너무 낭만적이다~

외국인 친구가 있다면 데리고 가도 좋을 듯~!

아 참! 같은 건물 2층에는 찻잔과 다구를 전시하는 아트센터도 있으니까

꼭 들러 봐!

┃ 비비비당 ┃

운영시간 : 11:00 ~ 22:00
브레이크 타임 : X
휴무 : 월요일

주차 : 가능
위치 : 부산 해운대구 달맞이길 239-16
문의 : 051-746-0705
※ 가게 사정에 따라 변동될 수 있습니다.

 같은 종류의 차를 2잔 이상 시키면 직접 차를 내려 볼 수 있당 >o<!

"아름다운 밤, 장산의 심야식당"
–
요리구락부

#심야식당 #일식술집 #사시미모리아와세 #화요일엔연어 #장산

> 주방장에게 질문을 많이 해주세요.
> 그런 이야기를 통해 저도 많이 공부할 수도 있고
> 손님들도 음식을 더 맛있게 드실 수 있을 거예요.

사시미모리아와세 매일 아침 부산어시장에서 신선한 생선을 들여오기 때문에 매일 메뉴 구성이 바뀜. 화요일에는 신선한 연어를 맛볼 수 있음!

흑임자 치킨 가라아게 흑임자 가루를 묻혀서 튀긴 치킨! 흑임자의 고소한 향과 치킨의 담백한 맛. 샐러드의 상큼함이 그냥 소주를 부르는 맛임.

일본 드라마 심야식당 알지? 한국판 심야식당이 여기 있다!

'요리구락부'는 좌동 아파트 단지 골목 안에 위치한 작은 일식당임.

매일 들어오는 신선한 식재료를 이용해 요리를 하신다.

혹시 어떤 메뉴를 먹을지 고민된다면 사장님께 여쭤봐.

그날마다 가장 맛있는 메뉴로 추천해주심!

못 먹는 재료는 **빼**달라고 하면 되기 때문에

취향껏 나만의 음식을 먹을 수 있음.

정 많은 사장님 때문에 단골도 굉장히 많다고 함!

혼술 하러 가기에도 좋으니, 좌동에서 혼술 할 곳 찾는다면 이곳을 추천!

| 요리구락부 |

운영시간 : 18:00 ~ 02:00
브레이크 타임 : X
휴무 : 일요일

주차 : 불가능
위치 : 부산 해운대구 세실로 30
문의 : 010-6717-1793
※ 가게 사정에 따라 변동될 수 있습니다.

사케를 한잔씩 맛볼 수 있는 사케 샘플러가 있음!
마셔보고 마음에 드는 걸로 초이스..

"입벌려 초필살들어간다!"
–
초필살돼지구이

超必殺ぶたやき
초필살 돼지구이
최선의 돼지갈비와 뒷고기와 돼지김지구이
본점

돼지갈비 │ 뒷고기 │ 김지구이 │ 물막국수

#초필살기 #돼지고기 #껍데기맛집 #구운양념게장 #영화의거리

> 초필살돼지구이에 오시면
> 전국에서 가장 맛있는 껍데기를 맛볼 수 있을 겁니다.

필살 껍데기 지방층이 붙어있는 껍데기로 겉은 바삭, 속은 쫀득. 껍데기만으로도 맛있지만 같이 나오는 비법 콩가루소스에 찍어 먹으면 훨씬 더 고소해짐!

필살 소금구이 돼지고기를 중심으로 백김치, 콩나물무침, 파절임, 양념게장을 올려서 입맛에 따라 조합을 맞춰 구워 먹으면 됨! 구운 양념게장이 완전 별미ㅋㅋㅋ

기분 꿀꿀~하나? 그럴 땐 기름진 고기 함 먹어줘야지!

필살 소금구이, 필살 껍데기, 특급 대패!

이름부터 필살 느낌 가득한 고깃집 '초필살 돼지구이'임!

매장의 시그니처 메뉴는 '필살 껍데기'

일반 돼지껍데기와 다르게 지방층이 붙어있고,

매일 아침 손질하기 때문에 특유의 쫀득한 식감이 있음.

맛이야 뭐 당연히 JMT.

사장님께서 메뉴에 대한 자부심도 어마어마하니

믿고, 고기 당길 때 한번 먹으러 가보도록!

| 초필살돼지구이 |

운영시간 : 17:00 ~ 1:00
　　　　　　(금,토 02:00까지 / 일 23:00까지)
브레이크 타임 : X
휴무 : 연중무휴

주차 : 가능
위치 : 부산 해운대구 우동 마린시티 3로 23
문의 : 051-747-5571
※ 가게 사정에 따라 변동될 수 있습니다.

껍데기는 가게에서 직접 만든 특제소스와 콩가루에 찍어먹어야 더 맛있음!

"미술관에서의 아름다운 식사"
–
키친동백

#파인다이닝레스토랑 #전부산아트센터 #현키친동백 #유러피안퀴진 #미술관에서의식사 #달맞이고개

> 좋은 공간에서 좋은 음식을 먹을 수 있는 곳,
> 내일 또 와도 지루하지 않은 공간을 만들겠습니다.

화이트라구 파스타 이탈리아 북부 스타일을 베이스로 한 화이트라구! 거기에 직접 손수 만든 기타라 생면까지! 이름만 들어도 부드럽고 고소하지 않니~?

스테이크 코스요리에서 맛볼 수 있는 스테이크! 소스 위로 메시드포테이토, 스테이크, 버섯, 인삼 새싹의 심플한 구성이지! 한국적인 요소에 계절감까지 가미된 스테이크~ 이모가 적극 추천한다!

이모가 분위기 끝장나는 레스토랑 하나 추천해줄게~

TV프로그램에도 소개된 적 있는 이 곳! 바로 달맞이 고개에 위치한 '키친동백'!

키친동백은 원래 부산아트센터였던 건물을 개조해서 만들어졌단다!

그래서 층별로 전문 사진작가들의 사진도 감상할 수 있는 곳이지! 멋있지 않니?

그리고 메뉴에 어울리는 다양한 와인도 준비되어 있다는 사실~

뿐만 아니라 여긴 최상의 품질 한우를 사용한 스테이크에 자부심이 대단하지!

탁 트인 테라스에서 아름다운 경치를 보며 마시는 와인 ^.^ 딱 이모 스타일~

기념일에 사전 예약하면 케이크도 준비해 준다니 사전 예약은 필수겠지?

이번 모임의 만찬은 '키친동백'에서 콜~?

| 키친동백 |

운영시간 : 11:00 ~ 22:00

브레이크 타임 : 15:00 ~ 17:00

휴무 : 명절 당일 휴무

주차 : 가능

위치 : 부산 해운대구 달맞이길 117번가길 85

문의 : 051-731-0022

※ 가게 사정에 따라 변동될 수 있습니다.

화덕 피자 굽는 거 본 적 있나~? 그럼 1층에서 볼 수 있으니까 즐겨보길~

광안리 해수욕장

숨은 명소가 가득한 남구, 수영구

저렴하고 싱싱한 회 한 접시 하러 가는 '민락수변공원'으로
부산의 랜드마크 광안대교가 있는 '광안리해수욕장'으로
대학생들의 활기가 넘치는 '경성대 · 부경대'로
시원한 바닷길을 따라 걷기 좋은 '이기대 해안산책로'로

관광지　① 민락수변공원　② 광안리해수욕장　③ 경성대·부경대　④ 이기대해안산책로

1. 다케다야
2. 루반커피
3. 리안광
4. 무궁화

5. 문화골목
6. 미미루
7. 용호동 할매 팥빙수
8. 을지로골뱅이

9. kitchen.woo
10. FRUTO FRUTA
11. 황금어장

31

"혀를 휘감는 우동면발"
-
다케다야

#수제우동면 #가게안제면실 #하루동안숙성 #쫄깃쫄깃 #붓카케우동 #슬로푸드 #광안리해수욕장

" '다케다야'의 우동은
패스트푸드가 아닌 정성이 들어간 슬로푸드입니다.
믿고 즐겨주셨으면 좋겠습니다. "

냉우동 국물을 좋아하는 아재 같은 사람들을 위해 만든 냉우동!! 여름 특선 메뉴로 많은 손님들이 냉우동을 맛보기 위해 가게를 찾고 있다카드라.

텐붓가케우동 쯔유소스를 부어 비벼 먹는 방식의 붓카케우동에 고소한 튀김이 같이 나온다. 소스를 절반만 먼저 부은 뒤 입맛에 따라 조금씩 추가해서 먹어봐 아주 JMT!!!

'다케다야'의 우동은 슬로푸드 그 자체!!

주문과 함께 바로 면을 잘라가 삶아내는 시스템이라

생각보다 음식을 오래 기다려야 할 수도 있음.

근데 우동 맛을 보면 기가 막히지... 기다림에 대한 보상을 두둑이 받게 될끼다. (엄지척)

감동 포인트는 바로 우!동!면! 그 자체. TV프로그램에 소개됐을 정도로

말이 필요 없고, 특히 식감은 쫄!깃쫄!깃하다는 말도 부족할 만큼 탱탱하데이.

마치 면이 혀를 휘감는 것 같다는 후기들도 들려옴ㅋㅋ

면의 달인, 정성의 달인이 만드는 우동 한 그릇 '다케다야' 적극 추천한다.

▎다케다야 ▎

운영시간 : 11:30 ~ 21:00

브레이크 타임 : 15:00 ~ 17:00

휴무 : 월요일

주차 : 불가능

위치 : 부산 수영구 남천동로 108번길 31

문의 : 051-611-5711

※ 가게 사정에 따라 변동될 수 있습니다.

대표 메뉴인 냉우동은 여름 특별 메뉴다~

"벚꽃나무 밑에서 커피 한잔 할래?"
−
루반커피

#벚꽃나무아래카페 #작은쉼터 #가게에서직접로스팅 #황령산

66

그냥 '루반'에서 편하게 커피를 즐겨주셨으면 좋겠습니다.

99

아메리카노, 카페라테 루반은 직접 로스팅한 원두를 사용해서 커피를 만듦. 진~한 향 때문에 맛있을 수밖에 없는 듯.

원두 시즌별(봄, 여름: 에티오피아 내추럴 계열로 베이스 / 가을, 겨울: 과테말라 워시드 계열로 베이스)로 생두를 골라 날씨에 맞는 맛에 초점을 두어 로스팅을 하고 있음.

데이트 코스로 최고인 곳을 알려주겠으~

11년째, 황령산 올라가는 길목에 위치한 카페 '루반'!

사장님이 '벚꽃나무 밑에서 커피를 마시고 싶다'라는 생각을 하다 만든 카페임.

루반은 요즘 커피숍들처럼 화려한 모습은 아니지만

특유의 조용하고 아담한 분위기가 매력 있는 곳임!

황령산 드라이브하러 갔다가 들르기도 좋고, 야경 구경하기도 좋은!

황령산 데이트 길에 루반에서 커피 한잔 하자~

| 루반커피 |

운영시간 : 11:00 ~ 24:00
브레이크 타임 : X
휴무 : 월요일

주차 : 불가능
위치 : 부산 수영구 남천동 산26-10
문의 : 010-8395-0727
※ 가게 사정에 따라 변동될 수 있습니다.

 정말 작은 가게니까 지나치지 않게 조심!

35

"투박하지만 푸짐한 브런치 한 접시"

–
리안광

#광안리를거꾸로하면 #리안광 #브런치카페 #오늘은 #브런치가당기는날 #광안리해수욕장

> 투박하더라도 양 많고 맛있는 음식만을 고집하고 있습니다.
> 브런치를 드시면서 전시되어 있는 작품도 함께 즐겨주세요.

에그 베네딕트 에그 베네딕트가 매력적인 이 곳! 수란의 노른자를 탁 터뜨려서 같이 먹어주면 꿀맛탱!

프렌치토스트 겉은 바삭! 안은 마치 푸딩을 먹는 듯 부드러운 프렌치토스트! 직접 만든 베리소스와 소보루, 블루베리소스와 리코타치즈가 찰떡으로 잘 어울려~

광안리 왔으면 브런치 먹어줘야지~~!

이름만 들어도 광안리가 떠오르는 곳! 바로 광안리 브런치카페 '리안광'! 이야 ㅎㅎㅎ

미술을 전공하신 사장님 덕분에 가게 내부에 작품들과 인테리어 소품들이 가득해~

요고 구경하는 재미도 은근 쏠쏠 ㅎㅎ

카페 내부로 들어가면 정면으로 보이는 반 오픈 주방에서 '리안광'의 맛있는 브런치들이 만들어진대!

가장 추천하는 메뉴는 '리안광'의 대표 메뉴인 '에그 베네딕트'!

소스를 한국식에 맞게 사장님이 다~ 바꾸셔서 더 맛있게 먹을 수 있어!

양 많고 푸짐한 브런치를 원한다면 얼른 가보장 ㅎㅎㅎ

브런치 카페라 매일 오후 6시까지만 열고, 5시가 마지막 주문시간이니 참고해!!

| 리안광 |

운영시간 : 09:00 ~ 18:00 (주말 19:00까지)
브레이크 타임 : 15:00 ~ 15:30
휴무 : 연중무휴

주차 : 불가능
위치 : 부산 수영구 광남로 78
문의 : 051-755-4591
※ 가게 사정에 따라 변동될 수 있습니다.

 테이블이 적기 때문에 조금 늦은 점심시간을 활용하면 바로 먹을 수 있겠지~?

37

"따뜻하고 푸짐한 만두전골 한 상"

-

무궁화

#만두전골 #징키스칸 #샤부샤부 #이북식만두 #할머니집st #황령산

> 다들 편하게 외갓집 간다는 생각으로 편하게 와서
> 맛있게 드시고 가셨으면 좋겠습니다.

만두전골 '무궁화'의 대표 메뉴는 만두전골! 개성식 만두가 들어간데이~ 만두 속을 야채로 채워 육수의 맛을 방해하지 않고 깔끔한 맛이 아주 일품!

징기스칸 원래 '무궁화'의 메인 메뉴인 징기스칸은 한우만 사용한 샤브샤브란다. ㅎ 맛도 맛이지만 잘려 나온 모습이 가게 이름처럼 꽃같이 이쁘게 담겨 있어서 먹기 아까울 정도!

무궁화~ 무궁화~ 우리나라 꽃~

'무궁화'의 만두전골 맛의 비밀은 바로 육!수!

한약재를 포함한 30가지 이상의 재료를 넣어 오랫동안 푹~ 끓이가 육쑤로 진하고 깊은 맛을 냄.

고기, 야채 어떤 음식과도 잘 어울리고, 그 맛을 더욱 살리줌!

밑반찬, 소스, 식당의 모든 음식을 기계를 사용하지 않고 손수 만든다카데~

특히 만두하고 칼국수는 매일 아침 가게에서 직접 만드심!

말 그대로 정성이 가득 담긴 한 상!

| 무궁화 |

운영시간 : 11:30 ~ 21:00

브레이크 타임 : X

휴무 : 명절

주차 : 가능

위치 : 부산 수영구 황령산로 8번길 5

문의 : 051-623-5700

※ 가게 사정에 따라 변동될 수 있습니다.

한산한 시간대에는 이모들이 직접 정성스럽게 조리해주신다~

"대학가 속 마법같은 공간"

-
문화골목

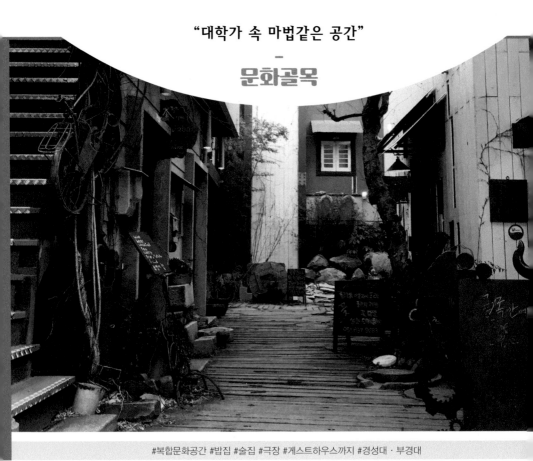

#복합문화공간 #밥집 #술집 #극장 #게스트하우스까지 #경성대 · 부경대

> 여기 저기 발 가는 대로 다니면서
> '문화골목'이라는 공간 그 자체를 즐겨줬으면 좋겠습니다.

노가다 아날로그 감성이 가득한 생맥주 전문점 노가다. 2만 장이 넘는 LP판뿐만 아니라 이탈리아군, 프랑스군의 철모로 만든 등불, 문짝으로 만든 테이블 등 모든 요소가 재미있는 공간이다!

고방 전통 주점인 고방에서는 전통주와 어울리는 메뉴들을 판매하고 있다. 비오는 날에는 고방에서 바~삭하고 고~소한 녹두빈대전과 직접 내린 동동주의 환상적인 조합! 강추!

경성대, 부경대 앞 번화가 속에 동화 같은 공간 '문화골목'이 있는거 알재?~

이 골목을 만들고 지금까지 지켜온 대장님이 계시다는 사실~ㅎㅎ

골목대장님은 전국의 맛집들을 찾아다니면서 본인만의 맛집 지도를 만들 정도의 소문난 미식가!

그렇게 맛집을 다니면서 확고한 맛의 기준이 생겼고,

백반집부터 이자카야, 생선구이, 전통주점, LP판 펍 등

다양한 색깔의 가게들이 골목 구석구석에 위치해~

찾아가는 재미도 아주 쏠쏠하데이~

조용하고 신비한 분위기의 골목, 다시 찾고 싶은 문화골목이다.

| 문화골목(입점가게 소개) |
부엉이집 : 다양한 주류와 함께 즐기는 카레
노 가 다 : 오래된 음악과 즐기는 맥주 한 잔
몽   로 : 레트로 감성이 가득한 이자카야
해 화 도 : 오마카세가 가능한 심야식당

- 주차는 불가능

용천지랄 : 재밌는 연극을 볼 수 있는 소극장
포   레 : 골목 안의 꽃집
다   반 : 차와 커피를 즐기는 카페
고   방 : 빈대떡에 동동주 한 잔
※ 가게 사정에 따라 변동될 수 있습니다.

두 가게뿐만 아니라 다양한 식당, 꽃집, 연극 극장, 게스트 하우스 등
다양한 문화가 모여있데이! 커플끼리 데이트하기도 굿! 구경잼 꿀잼!

"아름다운(美 미) 중식요리를 즐기고 싶을 땐 어디루? 미미루!"

-
미미루

#청요리 #고급중국요리 #가격은저렴 #멘보샤 #유린기 #남천동

" 항상 깨끗한 가게, 맛있는 가게로 만드려고 노력하고 있습니다.
믿고 오셔서 맛있게 음식을 즐기고 가주셨으면 좋겠습니다. "

유린기 튀긴 닭고기와 상큼한 소스의 만남! 파채와 매운향 가득한 고추가 올라가 있어 매콤하게 즐길 수 있어! 고추의 매운향이 튀김의 느끼함을 잡아줘서 딱 좋더라ㅎㅎ

멘보샤 빵과 새우의 꿀조합! 겉은 바삭하고 속은 부드러운 새우 필링이 가득해! 미미루의 대표 메뉴니 꼭 먹어보자~

이번에는 언제 먹어도 맛있는 중국 요리 전문점을 소개해줄게!!

평범한 중국집이 아니라~ 고급진 분위기의 음식점 '미미루'야~

그릇부터 작은 책, 그림까지 전부 중국에서 공수해온 물품들로 가득한 이 곳!

고객들이 가게에서 식사하는 동안 중국 느낌을 한~껏 느끼게 하기 위한 사장님의 섬세한 배려래.

'미미루'는 비교적 저렴한 가격에 가성비 좋게 다양한 요리를 한 번에 맛볼 수 있어!

우리가 흔히 먹는 짜장면, 짬뽕 외에도 처음 보는 중국 음식들을 즐길 수 있지!

보통 중국음식은 향이 엄청 강한데~ 요기는 다 한국식으로 재현해 내서

부담 없이 먹을 수 있어 좋더라.

광안리 놀러갔을 때, 중국 요리 당길 때! 요기 한번 먹으러 가봐~

| 미미루 |

운영시간 : 11:30 ~ 22:00
브레이크 타임 : 15:00 ~ 17:00
휴무 : 연중무휴

주차 : 불가능
위치 : 부산 수영구 수영로 388번길 25-4
문의 : 051-623-0251
※ 가게 사정에 따라 변동될 수 있습니다.

 음식들이 다~ 화려한 비주얼을 가지고 있으니 인증샷 찍는거 까먹지 말기!!

"착한 가격에 시원한 팥빙수 한 그릇"
–
용호동 할매 팥빙수

#옛날팥빙수 #할매팥빙수 #할매단팥죽 #2번삶은팥 #이기대공원

모든 재료를 가게에서 준비하고 있어요.
맛있게 먹고 가주세요.

44

팥빙수 부산스따일~ 팥빙수 위에 잼이 올라
간데이. 섞지 말고 재료들을 핸번!에! 떠먹어야
진짜 맛을 느낄 수 있데이~

단팥죽, 붕어빵 팥의 진한 단맛에 떡의 쫄깃한
식감이 특징인 단팥죽도 또 일품이지.. 그리고
반죽에 우유만 넣는 일본방식으로 만든 붕어빵.
둘 다 진한 팥의 단맛이 최고다.

솔직히 부산 남구 주민들은 다 안다는 전설의 그 곳.

'용호동 할매 팥빙수'는 무려 40년이 넘은 장수가게임.

지금까지도 손님들의 발길이 끊이지 않는 이유는 가게 이름이자 대표 메뉴인 '팥빙수' 때문!

우유, 얼음, 팥, 사과잼으로 생각보다 재료는 아주 단순한데.

얼음 위에 팥이 윽수로 많이 올라가지만, 단맛이 너무 강하지 않고,

팥의 고소함과 여러 가지 재료의 조화가 환상적으로 어우러져 기가 막힌 맛을 냄!

조금은 투박하고 단순하지만 그래서 더 정감가고 맛있는 팥빙수다.

｜용호동 할매 팥빙수 ｜

운영시간 : 09:00 ~ 23:00 (동절기 22:00까지)

브레이크 타임 : X

휴무 : 연중무휴

주차 : 불가능

위치 : 부산 남구 용호로 90번길 24

문의 : 051-623-9946

※ 가게 사정에 따라 변동될 수 있습니다.

여름과 겨울 운영시간이 다르니 확인하고 방문하도록 !

"대학가 앞을 지킨 자부심 가득한 골뱅이"

-
을지로골뱅이

#을지로골뱅이 #게살계란탕 #술이들어간다 #쭉쭉쭉쭉 #경성대·부경대

> '을지로골뱅이'는 8년간 한자리를 지키며 쌓아온 노하우와
> 저의 경영철학이 녹아있는 의미있는 곳입니다.
> 하지만 지금에 만족하지 않고 계속 발전해 나가겠습니다.

을지로골뱅이, 계살계란탕 고소한 맛의 '게살 계란탕'과, 특제 양념에 버무린 파채와 함께 나오는 '을지로골뱅이'. 더할 나위 없는 최고의 소주 안주임.

프라이드 치킨 옛날 방식으로 튀겨낸 '프라이드 치킨'은 튀김옷이 두껍지 않아서 바삭함이 오래 간다.

경성대, 부경대 학생들이라면 다 아는 맛집!

8년째 대학가 지킴이 '을지로골뱅이'.

남녀노소 할 것 없이 편하게 즐기는 '골뱅이 안주'가 이 곳의 메인 메뉴임!!

가게 안은 항상 북적북적하고, 주말엔 웨이팅까지 있음~

젊은 대학생들부터 직장인들까지 남녀노소 상관없이 방문하고,

사리 추가했다가~ 쌈 싸서 먹었다가~ 다양하게 즐김!!

골뱅이랑 같이 나오는 파채 양념에 맥주 조합이 아주 예술...

한 번 가면 두 번 가게 되고 계속 가게 되는 맛집!

ㅣ 을지로골뱅이 ㅣ

운영시간 : 18:00 ~ 05:00

브레이크 타임 : X

휴무 : 연중무휴

주차 : 불가능

위치 : 부산 남구 용소로 13번길 18

문의 : 010-7937-0728

※ 가게 사정에 따라 변동될 수 있습니다.

 게살계란탕은 앞접시에 담아 먹어야 특유의 끈적함이 오래간다!!

"요리하는 남자의 퓨전중식집"
–
kitchen.woo

#퓨전중식 #토마토탕 #유린기 #색다른조합 #완전푸짐 #경성대 · 부경대

"

맛집이라고 찾아갔다가
실망하는 거품있는 가게가 아닙니다.

"

토마토탕, 유린기 '키친우'의 대표 세트 메뉴임. '유린기'는 일식소스를 이용해 튀김의 느끼함을 잡아 담백함. '토마토탕'은 이탈리아 음식 치오피노에 두 반장이 들어가 얼~큰하고 시원한 맛이 특징!!

가지칠리 얇은 튀김 옷 속에 가지와 낙지와 같은 신선한 해물을 가득 채운 메뉴!

퓨전 중식을 판매하는 '키친우'.

좁은 공간을 복층 구조로 활용한 인테리어라 분위기가 끝장남.

거기다 낮부터 새벽까지 운영하니~ 밥집으로 가기도, 술집으로 가기도 딱!

메인 요리는 퓨전 중식으로, 새로운 조합의 개성 있는 음식을 맛볼 수 있음!

오빠의 추천 메뉴는 튀김옷을 얇게~ 만들어서 튀긴 탕수육!!

술안주로는 속재료 듬뿍 들어간 탕류를 추천함!

I kitchen.woo I
운영시간 : 11:30 ~ 02:00
브레이크 타임 : X
휴무 : 일요일

주차 : 불가능
위치 : 부산 남구 용소로 13번길 31
문의 : 051-915-0510
※ 가게 사정에 따라 변동될 수 있습니다.

 '토마토탕'에 면을 넣으면 어느새 토마토 파스타가?

"과일가게 프루토프루타"
–
FRUTO FRUTA

#상큼함이눈에보인다면 #그건바로 #프루토프루타 #과일가게 #망리단길

> 생각보다 비싼 가격에 놀라실 수도 있어요.
> 하지만 그만한 값어치를 하는 좋은 과일들만 사용하고 있습니다.
> 그런 저희의 정성을 느껴주셨으면 좋겠습니다.

피치스(복숭아 스무디) 언니가 좋아하는 달다구리
~복숭아 스무디! 프루토프루타의 인기 메뉴! 신선
한 복숭아를 그대로 갈아서 주니 받자마자 복숭아
향이 솔솔~ 비주얼도 넘나 이뿌다 ㅎㅎㅎ

망고트로피칼스윙 패션푸르트를 베이스로 파
인애플, 드래곤푸르트, 파파야와 같은 열대 과일
스무디 위로 푸짐한 망고 토핑까지!!!! 너무 취향
저격이자나 ㅠㅠ

나는 커피 잘 모르겠고, 달달한게 먹고싶다... 고 하는 사람들 있지?

그럼 언니만 믿고 따라오도록!

입구에 들어서자마자 싱그러운 과일 향이 나는 카페를 추천해줄게~

요즘 핫한 망리단길에 위치하고 있는 '프루토프루타'야!

여자, 남자 누구나 찾아가서 과일을 즐길 수 있는 곳이야 ㅎㅎ

부산에서 이렇게 싱그럽고 아기자기한 과일 가게 본 적 있니?

매장 곳곳에 사장님의 애정이 가득 담긴 귀여운 과일 소품들도 있어! 아기자기~~

게다가 테이블까지 있어서 편하게 과일음료를 즐길 수도 있음!!

제철과일로 만든 스무디는 그 계절에만 먹을 수 있다고 하니

계절마다 방문해야겠지??

I FRUTO FRUTA I

운영시간 : 12:00 ~ 19:00

브레이크 타임 : X

휴무 : 연중무휴

주차 : 불가능

위치 : 부산 수영구 연수로 357번길 35

문의 : 051-751-9862

※ 가게 사정에 따라 변동될 수 있습니다.

 제철과일을 사용하기 때문에 계절별로 다양~한 메뉴를 맛볼 수 있다는 거!

"장어의 힘을 받아봐라! 팍팍!"
–
황금어장

#장어구이 #붕장어 #숯도참숯 #손질했는데도 #살아있네 #광안리해수욕장

> 저희 가게는 솔직한 집입니다.
> 음식에서는 절대 거짓말을 하지 않는 집이고요.
> 믿고 맛있게 드셨으면 좋겠습니다.

장어구이 주문과 동시에 손질되어 나오는 싱싱한 장어구이~ 이게 진짜지! 장어만 먹어도 충분히 맛있지만 사장님표 특제 소스들이 많이 있어서 골라 먹는 재미가 있다!

장어탕 특제소스의 진한 맛과 장어의 단맛의 조화가 일품~

이모가 세상 싱싱~한 장어 맛집 하나 소개할게!

'황금어장' 가게 이름부터 느낌 팍! 오제?

음식을 속이지 않고, 솔직함을 요리하는 사장님의 마인드 덕분에

멀리서도 찾아오는 손님들이 억쑤 많다! 실제로 상태가 좋지 않은 장어는 요리하지 않고,

가장 좋은 붕장어만 선별한다고 함 ^.^ 특.별.히. 좋은 장어를 고집하기 때문에

붕장어 중에서도 살이 보드~랍고 뼈가 억세지 않기로 유명하다!

이모만의 꿀팁을 주자면, '황금어장'에 있는 세꼬시 메뉴도 일품!

장어뿐만 아니라 세꼬시를 먹기 위해

특별히 찾아오는 마니아층도 있다고 하니까 말 다했제?

장어를 못 먹는 사람들도 즐길 수 있는 메뉴가 다양하니까 이모 믿고 꼭 가보레이~

| 황금어장 |

운영시간 : 12:00 ~ 24:00

브레이크 타임 : X

휴무 : 연중무휴

주차 : 가능

위치 : 부산 수영구 광안해변로 278번길 42

문의 : 051-751-9285

※ 가게 사정에 따라 변동될 수 있습니다.

 진짜 맛있는 고기는 고기 자체에서 단맛이 난다니까 소스 없이 먼저 먹어보자!

서면

부산 젊음의 상징 부산진구

넓은 공원에서 피크닉을 즐기러 '부산시민공원'으로
낮에는 개성 넘치는 가게들이 가득한 '전포카페거리'로
저녁에는 부산의 아름다운 밤을 한눈에 담으러 '황령산봉수대'로
밤에는 부산의 젊음의 중심 '서면'으로

● 부산언니　● 부산이모
● 부산오빠　● 부산아재
○ 관광지

관광지　① 부산시민공원　② 서면　③ 황령산봉수대　④ 전포카페거리

1. 골치기
2. 농부핏자
3. 미누식당
4. burger shop
5. Bruce
6. 소설담
7. Alike coffee
8. 음주양식당 어부
9. inouf
10. 코끼리식품

"부산을 대표하는 술안주 쌈무계란말이"
-
골치기

#술집 #가성비갑 #맛도갑 #이시언친구가게 #쌈무계란말이 #서면

> 부산에 국밥, 밀면처럼
> 이제는 쌈무계란말이가
> 부산을 대표하는 대표 술안주가 되었으면 좋겠습니다.

쌈무계란말이 양념된 고기를 깻잎과 쌈무, 계란으로 감고 특제소스를 뿌림.(사장님이 개발한 특제 소스!!) 계란말이는 한입에 크게 넣어 먹어야 제맛 ㅋㅋㅋ

매콤칼칼대패전골 추운 날, 비오는 날, 국물 당기는 날 먹기 좋은 전골 안주. 소주랑 먹으면 더할 나위 없이 JMT 조합이다.

안주 맛집으로 유명한 곳을 찾는다면 이곳!

'골치기'의 메인 메뉴 '쌈무계란말이'는 특허까지 받은 메뉴다.

겉으로 보기에는 '그냥 평범한 계란말이구나~' 싶지만

안에는 쌈무, 깻잎, 양념 불고기가 들어가 있음.

한 입 먹어보면 지금까지 먹어봤던 계란말이와는 전혀 다르다는 걸 알 수 있음 ㅋㅋㅋ.

소주랑 특히 조합이 좋았음. 오래두고 먹어도 퍼지지 않으니 더 좋은 듯!!

그 다음 추천 메뉴는 매콤칼칼대패전골!

국물이 당길 때는 이 메뉴를 추천함. 마찬가지로 소주 안주로 딱.

가성비 좋은 술집을 찾는다면 '골치기'로 컴온~

l 골치기 l

운영시간 : 18:00 ~ 05:00

브레이크 타임 : X

휴무 : 연중무휴

주차 : 불가능

위치 : 부산 부산진구 중앙대로 680번가길 69

문의 : 051-802-8992

※ 가게 사정에 따라 변동될 수 있습니다.

 골치기는 서면뿐만 아니라 동래, 덕천, 부산대점도 있다.

"농부의 마음으로 만든 나폴리의 전통 화덕피자"
-
농부핏자

#이탈리아화덕피자 #전통이탈리아스타일 #도우가맛있는피자 #마르게리타 #서면

66

땅에서 나는 재료와 바다에서 나는 재료를 이용해
땀 흘려 수확하는 농부의 마음으로 만드는 나폴리 전통피자입니다.

99

마르게리타콘부팔라 빨~간 홀토마토, 하얀 모차렐라치즈, 푸른 생바질이 마치 이탈리아 국기를 떠오르게 하지! 피자를 먹으면서 이렇게 건강한 기분을 느끼긴 처음이더라

꼬레아노 이탈리아 전통 피자와 한국의 만남이 궁금하지 않니~? 불고기와 각종 채소, 파르마산 치즈 등 푸짐한 토핑으로 즐겨보길!

이모가 인생 피자를 만났잖니~^.^

그래서 우리 이쁘들한테 가르쳐 주려고 달려왔다! 바로바로 '농부핏자'!

재료 그대로의 신선함과 나폴리 전통방식으로 만들어지는 피자를 맛볼 수 있는 곳이지.

좋은 재료를 고집하고 모든 과정에서 나폴리 전통방식을 고수하는 사장님 덕분에

이렇게 부산에서 이탈리아 피자를 맛볼 수 있는게 얼마나 행복한 일이니~

농부의 마음으로 정성을 다해 건강한 요리를 제공하는 것이 사장님의 모토라네!

과하지 않고 건강하지만 결코 맛은 놓치지 않는 '농부핏자'!

이모는 벌써 연말 약속 여기다가 잡아놨다~

| 농부핏자 |

운영시간 : 12:00 ~ 23:00
　　　　　　(라스트오더는 30분 전까지)
브레이크 타임 : 15:30 ~ 17:00
　　　　　　(토,일,공휴일은 16:00~17:00)

휴무 : 연중무휴
주차 : 불가능
위치 : 부산 부산진구 신천대로 50번길 72
문의 : 051-818-8858
※ 가게 사정에 따라 변동될 수 있습니다.

더욱 더 맛있게 즐기려면 1인 1피자로 먹기~ 우리 다 그 정도는 할 수 있잖아
참, 손으로 찢어 먹어야 진짜 나폴리 피자를 즐길 수 있단다~

"배부르게 웃으며 떠날 수 있는 닭갈비집"
-
미누식당

#닭갈비집 #간장베이스 #닭갈비 #해물파전 #막걸리각 #후한인심 #서면

> 손님들이 꾸준히 가게를 사랑해주셔서 신기하고 고맙습니다.
> 그 마음에 보답하기 위해 맛과 서비스에 더 신경을 쓰겠습니다.

닭갈비 고추장 양념이 아닌 간장 베이스로 만든 닭갈비. 취향에 맞게 다양한 토핑을 올릴 수 있음! 가장 많이 찾는 토핑은 고구마 무스와 파채 무침!

해물파전 오징어와 새우 등 해물이 푸짐하게 들어간 해물파전. 모든 해물은 냉동이 아닌, 가게에서 직접 손질하고 있음~

서면에서 '미누식당' 모르면 간첩!

주말이면 무조건 웨이팅, 평일에도 늦게 가면 항상 웨이팅 걸리는 맛집임!!

간장 베이스 양념의 불향 나는 닭갈비가 메인 메뉴~

치즈사리, 떡사리 등 사리도 다양하지만~ 제일 추천하는 사리는 고구마무스 사리!!

테두리에 고구마무스를 쫘~악 뿌려주는데 비주얼이 아주.. 크..

마무리로 시키는 볶음밥에는 인원수만큼 후라이를 올려주니~

여기까지 딱! 코스로 먹으면 JMT

술안주를 찾는다면 해물 듬뿍 올라간 해물 파전을 추천함.

비 오는 날 막걸리에 파전만 한 게 없지~

| 미누식당 |

운영시간 : 16:00 ~ 02:00

브레이크 타임 : X

휴무 : 연중무휴

주차 : 불가능

위치 : 부산 부산진구 중앙대로 702번길 27-9

문의 : 051-808-3823

※ 가게 사정에 따라 변동될 수 있습니다.

 음식은 가장 맛있게 조리가 다 된 상태에서 나오니 바로 먹으면 된디!

61

"뉴욕 뒷골목의 햄버거"
–
burger shop

#뉴욕햄버거 #한우투뿔패티 #뉴욕스타일 #클래식버거 #서면 #전포카페거리

> 좋은 재료를 잘 쓰는 것이 저희 버거의 전부입니다.
> '버거숍'의 버거를 드시고
> 저희가 뉴욕에서 받았던 영감을 같이 느껴보셨으면 좋겠습니다.

클래식버거 한우 패티와 캐러멜라이징 어니언. 치즈가 들어간 뉴욕 스타일 햄버거. 버맥 하기에 가장 최적화된 버거라고 함! 버맥 최고~

멕시칸버거 매콤한 멕시칸 소스가 들어간 멕시칸 버거. 좀 맵다~ 느껴질 때쯤 상큼한 망고. 라임 향의 하리토스가 매운맛을 진정시켜줌!

부산의 햄버거 마니아라고 하면 한 번은 가봤을 '버거숍'!

햄버거 빵은 몇 십 년째 요식업에 종사 중인 장인이 아침마다 만들고 있고

패티는 투플 한우로 가게에서 직접 갈아서 만든다고 함.

소스도 다 수제로 만든다고 하니~

이렇게 정성스럽게 만든 버거가 맛이 없을 수가 있음??

한입 가득 베어 물면 투플 한우 육즙이 주르륵... 크..

내부 인테리어가 뉴욕 뒷골목의 햄버거집 콘셉트라 더 맛있는 느낌? ㅋ

수제버거 당기는데, 좀 느낌 있는 곳에서 먹고 싶다? 그렇다면 이곳을 추천함!

| burger shop |
운영시간 : 11:30 ~ 21:00
브레이크 타임 : X
휴무 : 월요일

주차 : 불가능
위치 : 부산 부산진구 동천로 108번길 11
문의 : 051-911-4960
※ 가게 사정에 따라 변동될 수 있습니다.

 최근 해운대에 2호점을 오픈했음. 더 다양한 메뉴를 즐기고 싶다면 추천!

"사랑 향기나는 커피 한 잔"
–
Bruce

#핸드드립 #치즈케익도환상 #직접로스팅 #전포카페거리

6 6
한번만 방문하는 일회성 카페가 아닌
꾸준히 방문할 수 있는 가게가 되었으면 좋겠습니다.
9 9

핸드드립 커피 커피를 잘 몰라도 걱정 놉! 사장님과 이야기해보고, 10가지 원두 중에 취향에 맞는 원두를 골라봐~

레어치즈 케이크 치즈케이크와 파인애플의 만남! 위에 올려진 비스킷의 재밌는 식감까지~ 딴 곳에는 없는 메뉴야!

바쁘게 움직이고, 빠르게 일상을 보내고, 너~무 정신없는 하루..

느긋~하게 마음 놓고 쉴 곳을 찾는다면 여기 어때?

나긋나긋~ 조용한 음악소리와 함께 여유를 부릴 수 있는 카페 '브루스' 커피야!

이곳의 커피는 머신 없이 모두 핸드드립으로 만들어지고,

로스팅실에서 직접 원두도 볶는다고 해 :)

10가지의 다양한 원두가 있어 취향에 따라 선택할 수 있어!

그 외에 판매하는 차나 밀크티, 에이드도

커피만큼 많~은 정성과 애정이 들어가 있음!

한적한 곳에서 마음 편하게 커피를 즐기고 싶다면 '브루스' 커피로 와~

| Bruce |

운영시간 : 12:00 ~ 22:00
브레이크 타임 : X
휴무 : 연중무휴

주차 : 불가능
위치 : 부산 부산진구 서전로 15
문의 : 051-946-0105
※ 가게 사정에 따라 변동될 수 있습니다.

테이블들이 바리스타를 향해 있다는 건 손님들과 더 많이 소통하기 위한 사장님의 깊은 생각이 담겨있다는거~

65

"작은 이야기가 오가는 처마 아래 이자카야"

-
소설담

소설담
yakitori bistro
やきとり 専門店

#이자카야 #야키도리 #닭특수부위 #닭목살구이 #재즈 #서면1번가

66

서로의 대화에 집중할 수 있고,
편안한 분위기를 느낄 수 있는 공간이 되었으면 좋겠습니다.

닭 특수부위 꼬치 닭의 목살, 연골, 껍질을 오 직 소금으로만 간을 함! 고소한 기름맛과 담백 함이 적절히 조화되어있다~~

토마토샐러드 발사믹 소스에 절인 토마토가 들 어간 토마토 샐러드. 꼬치 메뉴의 느끼함을 잡아 주고 입안을 정리해줌~

닭 특수부위 꼬치! 야키도리를 먹을 수 있는 '소셜담'!

닭목살, 연골을 이용한 야키도리는 부산에서 찾기 어려운 메뉴데이~

부산아재가 일본에서 먹었던 맛 그대로네..

가게에 흘러나오는 음악은 아재를 더 심취하게 한다카이~

분위기에~ 취해~ 술에~ 취해~ 맛있는 야키도리까지..

사장님이 '편하게 이야기가 오갈 수 있는 공간'으로 기억되길 바란다 카시니까

부담 갖지 말고 와봐도 된다! 오늘 '소셜담'에서 야키도리에 하이볼 한잔 어떤노~?!

| 소셜담 |

운영시간 : 17:30 ~ 01:00

브레이크 타임 : X

휴무 : 연중무휴

주차 : 불가능

위치 : 부산 부산진구 신천대로 102번길 34

문의 : 051-817-3837

※ 가게 사정에 따라 변동될 수 있습니다.

최근 연산동에 2호점이 생겼단다! 한번 가봐~

"We have a something ALIKE"
–
Alike coffee

#마치그림같은 #팬케이크 #정갈하지만 #자연스러운 #나만알고싶은 #전포카페거리

> 카페거리 끝자락에 있어 찾아오시기는 어려울 수 있습니다.
> 그래도 'Alike coffee'만의 색다른 메뉴와 편안한 분위기로
> 보답 받으셨으면 좋겠습니다.

팬케이크 크랜베리의 상큼함과 와인의 씁쓸함. 단호박과 마스카르포네 치즈의 단맛까지! 비주 얼까지 완전 언니 스타일 >0<

파블로바 겉은 바삭~하고 속은 푹신한 머랭케 이크! 생각만 해도 군침 도는걸!

전리단길을 쭉쭉 따라 걷다보면~ 끝자락 즈음에 위치한 '어라이크커피'!

계단을 올라가면 아늑한 공간이 짜잔!하고 나타나 ㅎㅎ

금손 사장님이 뚝딱~뚝딱~ 만든 내부 인테리어로

어딘가 흐트러진 듯하지만, 자연스러운 느낌도 나는! 독특한 공간이야♥

두 사장님이 호주에 다녀온 기억들을 가득가득 담았다고 하셔!!

'어라이크커피'의 가장 큰 장점은 호주 시드니에서 로스팅된 원두를 직접 받아온다는 점인데,

그래서 다른 곳에는 없는 향기와 맛의 커피를 맛볼 수 있어~

콜드브루 방식으로 내려져서 향이 특히 더 찌인~ 하다고 해 ㅎㅎㅎ

추가로 '어라이크커피'의 시그니처 메뉴인 '팬케이크'는 필수로 함께 시켜볼 것!

| Alike coffee |
운영시간 : 13:00 ~ 21:30
브레이크 타임 : X
휴무 : 연중무휴

주차 : 불가능
위치 : 부산 부산진구 서전로 47번길 39
문의 : 010-7574-4533
※ 가게 사정에 따라 변동될 수 있습니다.

 팬케이크는 시즌이 바뀔 때마다 재료가 바뀐대!

다양한 팬케이크를 맛보고 싶다면! 시즌별로 방문해보는 것이 어때?

"부산에서 맛보는 이탈리아의 식사"
-
음주양식당 어부

#이탈리아남부스타일 #오스테리아 #를한국말로하면 #음주양식당 #전통카르보나라 #서면

> 66
>
> 이탈리아 전통방식의 음식이 입맛에 안 맞을 수도 있습니다.
> 그래도 열린 마음으로 그 문화 자체를 받아들이시며
> 음식을 즐겨주셨으면 좋겠습니다.
> 99

카르보나라 현지 스타일의 카르보나라! 관찰레, 계란노른자, 후추, 파르메지아노 레지아노 치즈가 전부지만 가장 이탈리아스러운 요리!

링귀니 봉골레 파스타 오일파스타가 맛있는 곳이면 말 다했지~ 바지락의 진한 맛이 예술이다! 이모가 적극 추천~^^

얘들아~ 부산과 이탈리아의 공통점이 뭔지 아니?

그건 바로바로 바다를 끼고 있어서 다양한 해산물을 맛볼 수 있다는 거지!

이모가 오늘 소개할 식당은 바로바로 '음주양식당 어부'!

'오스테리아'는 술과 음식을 함께 파는 레스토랑이라는 이탈리아 식당의 명칭이라네~

그 단어를 한국어로 쉽게 풀어낸 게 음주양식당! 재밌지~?

식재료부터 조리법까지 모든 과정에서 이탈리아의 느낌을 주고 싶었다는 사장님!

한국에서 전통적인 이탈리아 파스타를 즐길 수 있게 하는 길잡이 역할을 하며

노력하는 멋진 사장님의 이야기가 담긴 곳!

오늘 저녁은 소중한 사람과 함께 파스타와 와인 어때~?

▌음주양식당 어부 ▌

운영시간 : 12:00 ~ 24:00

브레이크 타임 : 15:00 ~ 18:00

휴무 : 화요일

주차 : 불가능

위치 : 부산 부산진구 동천로 58

문의 : 051-802-8858

※ 가게 사정에 따라 변동될 수 있습니다.

 1인 1파스타를 즐기며 파스타의 최상의 맛을 즐겨보자!

먹는 동안 스푼은 잠시 잊어버리기~

"선물같은 브런치 한 접시의 위로"

–

inouf

#브런치카페 #inourfood #충분함 #새우탁틴 #그래놀라 #전포카페거리

> 손님들이 편하게 쉴 수 있고 일기도 쓰면서
> 위로를 받을 수 있는 공간 'inouf'가 되겠습니다.

그래놀라볼 상큼한 요거트에 계절과일과 견과류가 만나면~? 꿀조합~

새우탁틴, 베리망고 프랑스식 오픈 샌드위치인 탁틴! '이너프'만의 방식으로 재현한 인기 메뉴! 영양은 물론 비쥬얼도 너어무 예뻐! 베리망고는 겨울, 봄 시즌에만 먹을 수 있는 한정 메뉴라니까 얼른 가보재!

분위기 내고 싶고~ 오랜만에 브런치도 먹고 싶을 때!

브런치 맛집으로 유명한 'inouf'에 놀러 가보자.

'충분하다'는 뜻의 enough에서 온 'inouf'는

가게 이름에 걸맞게 충분한 여유를 만끽할 수 있는 곳이야!

복잡한 서면 중심가가 아니라 조용~한 동네 중심에 자리잡고 있지~

감각 있는 소품이 가득해서 SNS에 마구마구 올리고 싶을걸~

브런치 메뉴와 함께 즐길 음료로는 커피도 맛있지만~

상큼하고 톡톡 튀는 스파클링을 추천할게!

직접 만든 시리얼과 제철 과일이 들어간 그래놀라볼도 맛있어!

충분한 한 끼에서 오는 넘치는 행복을 느끼고 싶다면 얼른 꼬고!

| inouf |

운영시간 : 12:00 ~ 21:00
(토,일 영업시간 11:00 ~ 21:00)

브레이크 타임 : ×

휴무 : 화요일

주차 : 불가능

위치 : 부산 부산진구 서전로37번길 26

문의 : 051-803-8748

※ 가게 사정에 따라 변동될 수 있습니다.

 매주 화요일 휴무야!! 전리단길에 있는 카페들은 휴무일자가 다 제각각이니 꼭! 사장님 인스타 공지 미리 확인해보고 갈 것!

"기분 좋은 어린 시절의 추억이 녹아있는 곳"
-
코끼리식품

#레트로주점 #복고 #할머니집 #응답하라 #짜장떡볶이 #서면

일상에 지쳤을 때 코끼리식품에 들러 가게를 나서는
그 순간까지 편하게 기분 좋게 웃으셨으면 좋겠습니다.

짜장떡볶이 면을 넣으면 짜장면, 밥을 넣으면 짜장밥. 다양한 방식으로 즐길 수 있는 코끼리식품 인기 메뉴~

마가린볶음밥 어린 시절 느낌을 살리기 위해 마가린을 사용한 볶음밥. 먹다보면 옛날 집에서 먹던 기억이 새록새록 떠오름 ㅋㅋㅋ

코끼리식품은 레트로 느낌이 물씬 느껴지는 한식주점임~

할머니집 컨셉의 가게 인테리어로 어린 시절 생각이 나는 곳.

가장 인기 메뉴는 살짝 매콤달콤한 짜장 떡볶이!!

흔한 듯하지만 일반 매장에서는 쉽게 볼 수 없는 메뉴라 더 특별하게 느껴지는 듯

그 외에도 두루치기, 돼지갈비 등 한식 느낌의 안주가 많으니

더부룩하지 않은~ 한식 안주를 찾을 때 이곳을 추천함.

식사로도 괜찮아서 반주하기에도 좋음!

| 코끼리식품 |

운영시간 : 17:00 ~ 03:00
브레이크 타임 : X
휴무 : 연중무휴

주차 : 불가능
위치 : 부산 부산진구 서전로 10번길 31-5
문의 : 051-809-3823
※ 가게 사정에 따라 변동될 수 있습니다.

 음식, 식기, 인테리어, 심지어 향기까지 올 레트로. 추억에 젖어볼 수 있다..

영도대교

부산의 옛모습이 녹아있는 영도구, 중구

남포동을 한눈에 내려다볼 수 있는 부산타워 '용두산공원'으로
매일 오후 2시 다리가 열리는 '영도대교'로
부산 옛모습과 함께 걷는 바다산책길 '흰여울문화마을'로
바다절벽의 절경과 여름의 수국이 아름다운 '태종대'로

● 부산언니　● 부산이모
● 부산오빠　● 부산아재
○ 관광지

관광지　① 이바구길　② 용두산공원　③ 영도대교　④ 태종대

1. 바우노바 백산
2. 삼진어묵
3. 종각집

4. GEMSTONE
5. 남포동 먹자골목
　　창선동골목

6. 남포동 먹자골목
　　구루마골목, 팥빙수골목

"자연과 하나 되는 카페에서 찾은 여유"
-
바우노바 백산

#핸드드립 #숙성원두 #힐링 #유럽디저트 #에스프레소 #용두산공원

> 자연과 어우러지는 공간에서
> 사람들이 자신만의 시간을 가지고
> 자신만의 빛을 만들어 갔으면 좋겠습니다.

핸드드립 직접 로스팅한 커피콩을 냉장고에서 숙성시킨 뒤 내린 핸드드립 커피! 블렌딩 없이 싱글오리진으로 마셔보는 것 추천!

티라미수, 메도브닉 절대 빼먹어선 안되는 디저트! 직접 만든 크림치즈가 들어가 더욱 맛있는 티라미수! 순두부같이 몽글몽글한 식감과 고소한 치즈의 향이 포인트~ 그리고 메도브닉은 체코 전통 꿀빵이래! 커피와 먹으면 달달 + 쓱쓱 조합 최고~

정성으로 내린 커피를 조용한 카페에서 마시는 건~ 상상만으로도 행복해~

남포동에서 여유를 즐길 수 있는 카페를 찾는다면 '바우노바 백산' 추천할게!

이 이름은 '커피 한 잔을 즐기며 힐링과 휴식을 만들어 나간다'라는 의미를 담고 있어 ㅎㅎ

유럽에 있는 동안 유럽의 카페 분위기를 사랑하게 되었다는 사장님!

'천천히'를 중요시하는 이곳은 진동벨 없이 모든 게 풀서비스로 이루어지는 카페야!

또한 테이크 아웃 없이,

모든 사람들이 매장에 앉아서 자신만의 시간을 가지길 원하신다고 해~

핸드드립으로 내리는 커피뿐만 아니라 커피와 어울리는 디저트까지 완벽!

어때~? 오늘 커피 마시면서 여유를 즐겨보자~

| 바우노바 백산 |

운영시간 : 12:00 ~ 22:00

브레이크 타임 : X

휴무 : 일요일

주차 : 불가능

위치 : 부산 중구 백산길 9

문의 : 070-4136-3296

※ 가게 사정에 따라 변동될 수 있습니다.

 다양한 핸드드립 커피잔과 식기잔을 보는 재미도 쏠쏠~ 인스타 각!

"부산의 역사와 함께 한 어묵"
—
삼진어묵

#어묵 #since1950 #어묵크로켓 #영양간식 #영도

> 어묵은 맛도 맛이지만 단백질이 풍부한 건강한 제품이에요.
> 맛있고 건강하게 어묵을 즐겼으면 좋겠어요.

어묵 크로켓 당일 생산 당일 판매를 원칙으로 매일 아침 만들어지는 어묵 크로켓. 땡초, 새우, 고구마, 치즈, 감자, 불고기 6가지 다양한 맛의 크로켓을 즐길 수 있다!

세트 메뉴 옛날 방식의 어묵이 담긴 '바람이 그린 영도세트'와 새로운 형태의 어묵이 담긴 '부산역의 추억세트'는 선물용으로 인기 만점!

부산의 명물 '삼진어묵'!!!!

'삼진어묵' 대표 어묵 크로켓은 3대 사장님과 사장님 어머니의 아이디어에서 탄생했다!!

기존 매장을 베이커리 형식으로 만들면서 더 세련되고 새로운 어묵을 즐길 수 있음~

'삼진어묵'의 역사는 1953년부터 시작됨. 한국전쟁이 끝나고 피란민들이 영도로 모였고,

먹을거리가 부족한 배고픈 사람들을 위해서 어묵을 만들기 시작한기다.

"남는 게 없더라도 좋은 재료를 써야 한데이! 다 사람 묵는거 아이가."

이 마음가짐이 지금까지 쭉~ 이어져 항상 좋은 재료들과

그날 만든 따뜻한 어묵을 판매하고 있음. 참, 감동적이제?

부산하면 부산의 역사와 함께하는 어묵. 바로 '삼진어묵'이다.

| 삼진어묵 |

운영시간 : 09:00 ~ 20:00
브레이크 타임 : X
휴무 : 연중무휴

주차 : 가능
위치 : 부산 영도구 태종로 99번길 36
문의 : 051-412-5468
※ 가게 사정에 따라 변동될 수 있습니다.

삼진어묵 온라인 스토어가 있음.

하지만 어묵 크로켓 메뉴는 매장에서만 구입이 가능하데이~

81

"50년의 시간을 간직한 가락국수"
-
종각집

#가락국수 #우동의한국말 #한국감성 #해장 #깔끔함 #남포동

66

50년이란 시간이 지나면서 바뀐 게 없으며
앞으로 변하지 않을 겁니다. 내가 먹는다고 생각하고
만드는 요리입니다. 믿고 맛있게 드시고 가셨으면 좋겠습니다.

99

새우튀김 가락국수, 김초밥 멸치와 다시마만을 이용한 깔끔한 육수와 부드러운 면이 특징이고, 고명으로 올라가는 새우튀김은 아침마다 튀겨져 나와 아주 고소하다~

비빔가락국수 가락국수의 육수를 빼고 특제 비빔소스를 넣었다. 비빔가락국수의 은은한 매운맛은 매운 걸 잘 못 먹는 사람도 맛있게 먹을 수 있음~

'종각집'의 메뉴판에는 '가락국수'라는 말이 적혀있거든?

바로 우동을 우리말로 풀어낸 단어란다.

이름처럼 음식 맛도 최대한 한국적으로 담아내는 게 '종각집'의 자랑!

가게 안 모습은 마치 50년 전으로 돌아간 듯한 느낌적인 느낌!

투박하고 단순한 식당구조하며, 그릇 식기까지 예전의 모습을 그대로 간직하고 있어서

시간여행 온 듯한 기분이 든다~!

국수 한 그릇을 다 비우면 바닥의 종 모양까지 볼 수 있는데 요것도 좀 재미나더라. ㅎㅎ

언제나 변함없이 건강한 가락국수를 맛볼 수 있는 종각집!

꼭 들려서 한 그릇 해보재이!!!

I 종각집 I

운영시간 : 11:00 ~ 22:00

브레이크 타임 : X

휴무 : 연중무휴

주차 : 불가능

위치 : 부산 중구 광복로 49번길 7

문의 : 051-246-0737

※ 가게 사정에 따라 변동될 수 있습니다.

 복잡한 골목에서 종각집을 찾기 힘들면 종이 그려진 파란 간판을 찾으면 된다!

"영도 속 숨은 보석 같은 카페"
–
GEMSTONE

#우리나라에서제일큰 #수영장 #이아니라카페 #보석같은곳 #인스타각 #영도

"

이쁜 사진을 찍으러 오는 가게인 만큼 계속 변화하고
진화하는 반전 있는 공간으로 만들겠습니다.

"

베이커리 가게 내부에 위치한 베이커리에서는 매일 갓 구운 빵을 만들고 있어! 화학 첨가물 없이 엄선한 재료들로 만든 건강빵이라니 빵순이들에게 완전 추천!!

상큼발랄레몬씨 크림치즈와 벨벳 케이크, 비스킷과 레몬커스타드가 겹겹이 올라가 있는 디저트! 숟가락을 푹 넣어서 모든 재료를 함께 먹으면 거긴 바로 천국!

우리나라에서 제~~일 큰 카페를 찾는다면! 영도 '젬스톤'으로 놀러와~

넓~으니까 웨이팅 때문에 질린 사람들이 가기도 좋고,

좁고 작은 카페에 질린 사람들이 가기도 좋은 카페야!

수영장을 개조해서 규모가 무려 600평이래! 엄청나다...

똑같이 생긴 테이블과 의자만 있을 거라고 생각한다면 놉!!

넓은 내부만큼 다양한 주제를 담은 공간이 있어!

한 켠에는 연극을 볼 수 있는 공간이 마련되어 있고,

2층에는 누울 수 있는 공간도 있으니~

문화생활 즐길 때 가기도 좋고~ 편하게 쉬고 싶을 때 가기도 좋고~ ㅎㅎㅎ

매일매일 가도 새롭겠지!

| GEMSTONE |

운영시간 : 10:30 ~ 23:30

브레이크 타임 : X

휴무 : 연중무휴

주차 : 불가능

위치 : 부산 영도구 대교로 6번길 33

문의 : 051-418-1124

※ 가게 사정에 따라 변동될 수 있습니다.

오후 10시부터 마감시간인 자정까지는 맛있는 빵을 50% 할인된 가격으로 먹을 수 있대!

남포동 먹자골목
–
창선동골목

  6·25전쟁 이후 피란민들이 생계유지를 위해 국제시장 골목에서
간단한 음식을 팔던 노점상들이 모여 만들어진 '남포동 먹자골목'.
남포동에 많은 상가가 들어서면서 자연스럽게 여러 구역으로 나뉘었는데,
그중 하나인 '창선동 먹자골목'은 씨앗 호떡, 떡볶이, 어묵 등과 같은
부산의 길거리 음식뿐만 아니라, 서울의 유명한 길거리 음식들도 만나볼
수 있다. 또 초저녁쯤 서구청 방향으로 가면
'포장마차 골목'에서 맛있는 안주와 술 한잔할 수 있다.

씨앗호떡 원조는 서면이지만, TV프로그램 '1박2일'을 통해 남포동이 유명해지면서 이제는 남포동의 메뉴가 됨! 가게마다 씨앗을 비롯해 치즈, 흑임자 등 다양한 속재료를 넣어 독특한 맛을 즐길 수 있음!

포장마차 해산물의 도시 '부산'에 걸맞게 다양한 해산물들로 즉석에서 조리해주신다. 안주 메뉴와 함께라면, 술 한잔 마시기 좋은 분위기 완성임!

6·25 전쟁 이후, 피란민들이 생계유지를 위해 모였던 그곳 '남포동 먹자골목'!

국제시장 골목에서 간단한 음식을 팔던 노점상들이 자연스럽게 모여서 형성된 곳이래.

그중에서도 '창선동 먹자골목'에서는 부산의 명물인 씨앗호떡뿐만 아니라

떡볶이, 어묵 그리고 다양한 길거리 음식들을 만나볼 수 있데이~

또 서구청 쪽 골목 포장마차 거리는 아주 장관이 따로 없다! 야시장 느낌 낭낭하데이~

부산 밤의 분위기에 젖고 맛에 젖고~ 기분 내기 딱이다~

낮과 밤, 하루 종일 제대로 먹고 즐기기를 원한다면 '창선동 먹자골목'으로 가면 된다!!!

남포동 먹자골목
–
구루마골목, 팥빙수골목

> 남포동 부산은행이 있는 '구루마 골목'에는
> 다양한 이미테이션 의류를 파는 노점상뿐만 아니라,
> 떡볶이, 오뎅, 전 등 분식 메뉴를 파는 노점상들이 즐비해 있다.
> 저렴한 가격이지만 푸짐하게 길거리 음식을 즐겨볼 수 있는 이곳은
> 미로처럼 얽혀 있는데, 구루마 골목의 한쪽 골목길로 들어서면
> '팥빙수 골목'을 찾을 수 있다.
> 이곳에서는 옛날 방식으로 만든 단팥죽과 팥빙수를 판매하고 있다.

구르마골목 분식 오뎅(어묵), 물떡, 떡볶이, 찌짐(파전), 오징어무침, 만두와 같은 길거리 음식들을 팔고 있다~ 추천 조합으로 만두와 떡볶이, 찌짐과 오징어무침이 있음!

팥빙수 골목 옛날 팥빙수 기계로 통얼음을 직접 갈아 만들어 줌! 푸르트칵테일 단팥 등 옛날 방식으로 만들기 때문에 맛에 따라 달 수도 있으니 주문 전에 미리 말하자~ 차가운 게 싫다면 인절미가 올라간 구수한 팥죽도 맛볼 수 있다.

남포동 부산은행이 있는 '구루마골목' 가봤나?

짝퉁옷 파는 노점상뿐만 아이고,

떡볶이 오뎅, 찌짐 등등 분식을 파는 노점상들이 줄을 서 있다~~!!

싼 가격으로 배부르게 먹을 수 있는 가성비 대왕

왼쪽 골목으로 빠져나가면 '팥빙수 골목'을 찾을 수 있는데,

여기에선 옛날 방식으로 갈아 만든 팥빙수와 단팥죽을 팔고 있다 ㅎ

구루마, 팥빙수골목

국제시장

아리랑 거리

광복동
주민센터

부평족발골목

광복로
패션거리

아재가 소개하는
–
돼지국밥

돼지국밥은 부산 사람들의 소울푸드다.
부산 사람들은 돼지국밥을 정말 많이 먹는다.
저녁에는 술안주로, 아침에는 해장으로 만만한 게 돼지국밥이다.

현재 부산시 내에만 600개가 넘는 돼지국밥집이 있다.
한마디로 '천지빼까리'에 돼지국밥집이다.

돼지국밥은 6.25전쟁이 일어났을 당시 만들어졌다는 게 정설이다.
당시 피란민들이 돼지 사골을 고아 설렁탕처럼 만들던 것이 그 시작이라고 한다.
이렇게 끓인 돼지 뼈 국물에 같이 삶아낸 수육, 정구지(부추) 무침, 새우젓이 들어간 것이 부산의 돼
지국밥의 모습이다.

돼지국밥의 종류를 나누는 기준은 국물과 양념의 종류에 따라 다양하다.
하지만 크게는 '신창식 돼지국밥'과 '밀양식 돼지국밥'으로 나눌 수 있다.

• 신창식 돼지국밥 : 돼지고기와 돼지뼈, 직접 만든 순대를 넣어 만든 맑은 국물이 특징
• 밀양식 돼지국밥 : 돼지뼈가 많이 들어간 뽀얀 국물이 특징

• 새우젓 : 돼지국밥의 간은 새우젓으로 한다. 먼저 국물을 한입 먹어보고 입맛에 따라 간을 해보자.
• 정구지 무침 : 부추를 부산말로 하면 정구지다. 남자한테 그렇게 좋다고 한다. 국밥에 한가득 넣어
　먹어보자.

④ 해운대구

부산진구

⑤ 수영구

② ①
동구
남구 ⑥
③

중구

영도구

❶ [신창식] 신창국밥
　휴무 : 연중무휴
　운영시간 : 00:00 ~ 24:00
　위치 : 부산 동구 중앙대로 214번길 3-4
　문의 : 051-465-7180

❷ [신창식] 할매국밥
　휴무 : 일요일
　운영시간 : 10:00 ~ 20:00
　위치 : 부산 동구 중앙대로 533번길 4
　문의 : 051-646-6295

❸ [신창식] 합천돼지국밥
　휴무 : 연중무휴
　운영시간 : 09:00 ~ 21:00
　위치 : 부산 남구 용호로 235
　문의 : 051-628-4898

❹ [밀양식] 양산왕돼지국밥
　휴무 : 연중무휴
　운영시간 : 00:00 ~ 24:00
　위치 : 부산 해운대구 재반로 70
　문의 : 051-781-2722

❺ [밀양식] 자매국밥
　휴무 : 일요일
　운영시간 : 09:00 ~ 21:30
　위치 : 부산 수영구 민락본동로 27번길 56
　문의 : 051-752-1912

❻ [밀양식] 영진돼지국밥(경성대점)
　휴무 : 연중무휴
　운영시간 : 00:00 ~ 24:00
　위치 : 부산 남구 수영로 346번길 18
　문의 : 051-621-0045

아재가 소개하는
-
밀면

여름이면 부산 사람들은 밀면집 앞에 줄을 선다.
시원하고 저렴한 밀면은 여름 점심 단골 메뉴다.

밀면 또한 6.25 피란민들에 의해 만들어졌다.
이북 지역의 냉면이나 함경도의 농마국수에서 파생되었다고 한다.
그 당시 이런 음식들의 원재료를 구하기가 힘들었고, 미군 부대에서 공급되던 밀가루를 대신 사용해
만들어진 것이 지금의 밀면이라고 한다.

그리고 그 중심에는 1952년 우암동의 내호냉면이 있다.
지금의 밀면을 가장 먼저 판매한 곳이며 현재 부산에서 가장 오래된 밀면집이다.

1970년대 후반부터는 밀면 전문점들이 우후죽순 생겨나기 시작했고
식당에 따라 한약재, 닭, 돼지고기 등을 넣어 각자의 개성을 살린 육수를 만들어 왔다.

그리고 지금 부산에서 쉽게 볼 수 있는 밀면은 '가야밀면'과 '개금밀면'이 대표적이다.

• 가야밀면
– 특징 : 돼지고기 육수, 100% 밀가루 면 사용
– 맛 : 향이 강하고 매콤칼칼한 맛이 강함

• 개금밀면
– 특징 : 한약재를 이용한 닭 육수
– 맛 : 전체적으로 균형 잡힌 깔끔한 맛

해운대구

부산진구

②

수영구

③

①

동구 ⑤

남구

중구

⑦

영도구

④

③ 유가네 춘하추동 가야밀면
  휴무 : 명절당일
  위치 : 부산 남구 수영로 195-5
  문의 : 051-255-1337
  운영시간 : 11:00 ~ 20:00

④ 원조밀면
  휴무 : 연중무휴
  운영시간 : 11:00 ~ 18:00
  위치 : 부산 영도구 중리로 12
  문의 : 051-403-3108

⑤ 초량밀면
  휴무 : 명절
  운영시간 : 10:00 ~ 22:00
  위치 : 부산 동구 중앙대로 225
  문의 : 051-462-1575

① 내호냉면
  휴무 : 연중무휴
  운영시간 : 10:30 ~ 20:00
  위치 : 부산 남구 우암번영로 26번길 17
  문의 : 051-646-6195

② 개금밀면
  휴무 : 명절당일
  운영시간 : 10:00 ~ 19:30
  위치 : 부산 부산진구 개금동 171-34
  문의 : 051-892-3466

⑥ 해운대 밀면전문점
  휴무 : 연중무휴
  운영시간 : 10:30 ~ 21:30
  위치 : 부산 해운대구 중동2로 10번길 21
  문의 : 051-743-0392

⑦ 할매가야밀면
  휴무 : 연중무휴
  운영시간 : 10:30 ~ 21:30
  위치 : 부산 중구 광복로 56-14
  문의 : 051-246-3314

책을
마치며

2018년 2월, 저희는 학교에서 운영 중인 프로그램인 '열정학기(학생들이 한 한기 동안 직접 운영하는 강의)'에 참여하기 위해 팀 FOOSAN을 만들었습니다. 팀 목표는 '부산 대학생들이 추천하는 진짜 맛집 가이드 북'이었습니다. 당시 팀 목표 선정이유는 이랬습니다.

SNS의 광고성 글을 보고 실제로 방문한 후 실망이 큰 관광객들(뿐만 아니라 부산 지역민)이 많습니다. 그런 사람들을 위해 외식업을 전문적으로 공부한 학생들이 부산 지역민들의 경험을 통해 맛이 인증된 음식점과 젊은 세대(20~30대)가 좋아하는 인생샷을 위한 포토존이 있는 맛집들을 직접 방문, 선별하여 부산을 방문하는 관광객들에게 실질적인 도움을 줄 수 있는 관광 서적을 만들고자 합니다.

처음에는 '맛있는 음식 먹으러 다닐 수 있다'라는 생각으로 마냥 들떴습니다. 하지만 현실은 많은 사건 사고들의 연속이었습니다. 섭외 거절도 많았고, 막상 섭외가 성사되어도 스케줄 조정, 인터뷰 진행 모든 부분에서 문제가 생겼습니다. 그러다 보니 점점 팀원들과도 의견 충돌이 생겼고 다투기도 했습니다. 그래도 이렇게 프로젝트가 마무리되는 걸 보니 다행이고 한편으로 신기하기도 합니다.

인터뷰 섭외에 응해주신 사장님들에겐 죄송하고 고마울 따름입니다. 바쁘신 시간 속에서 대학생들이 열심히 하는 모습이 이쁘다며 흔쾌히 인터뷰를 허락해 주시고, 짧은 인터뷰 시간이었지만 동생들 같다며 좋은 이야기도 많이 해 주셨습니다. 그리고 인터뷰 후에도 계속 도움을 주셨고, 어쩔 수 없이 출판이 미뤄지는 상황이었지만 항상 응원의 말을 해주셨습니다. 이 자리를 빌려 정말 감사하다는 인사를 드리고 싶습니다.

　　그리고 팀 FOOSAN을 만들고 이끌어 주신 이상묵 교수님과 많이 부족한 저희를 적극 지원해 준 코스웬콘텐츠와 ㈜백산출판사 덕분에 프로젝트를 마무리할 수 있었습니다. 출판이 되는 마지막까지 옆에서 함께 한 이혜정, 같이 프로그램 해보자고 제안해 준 표수형, 사진도 찍고 카메라도 잃어버려 마음 고생한 전하영, 글 작업한다고 고생한 김찬호, 서황빈, 이진서 모든 팀원에게 고맙다는 말을 전하고 싶습니다.

　　사람들마다 맛에 대한 기준이 다 다릅니다. 그래서 누군가는 저희가 추천한 곳에 동의하지 않을 수도 있습니다. 하지만 여러분들에게 감히 이곳들을 추천하는 이유는 가게들이 '맛집' 그 이상의 의미가 있기 때문입니다. 사장님들은 가게를 '더 좋은 공간'으로 만들기 위해 노력하시는 분들이셨습니다. 가게를 찾는 손님들이 더 맛있는 음식을 즐기고 더 좋은 시간을 보냈으면 하는 마음으로 가게를 운영하고 계십니다. 그런 노력들과 마음이 가게에 녹아들어 그 공간을 더 특별하게 만드는 것 같습니다. 저희는 이 책을 통해 이런 사장님들의 이야기를 전달하고 싶습니다. 그리고 그렇게 부산을 찾는 사람들이 가게들을 방문하고 부산 여행에서의 좋은 추억을 하나 더 만들었으면 합니다.

2019년 9월 6일
팀장 안수성

FOOSAN = FOOD+BUSAN

끼와 열정이 넘치는 부산 경성대학교 외식서비스경영학과 학생들이 만든 맛집 체험단

직접 경험해보고 맛있고 좋았던 곳들만 추천하고 소개하려고 합니다.

- 지도교수 : 이상묵
- 기획담당 : 안수성
- 실무담당 : 표수형
- 콘텐츠담당 : 이혜정, 김찬호, 이진서, 서황빈
- 사진담당 : 전하영

부산을 제대로 파는 기업 '코스웬콘텐츠'

코스웬콘텐츠(주)는 부산에서 사진과 영상, 웹툰 등 SNS 콘텐츠를 전문적으로 제작하는 선도 기업으로

부산지역 최대 SNS 채널 운영 회사입니다. 소셜캐릭터 산업군 '부산언니, 부산오빠, 부산이모, 부산아재'라는

소셜미디어 채널의 콘텐츠와 캐릭터 디자인, 제품을 통해 부산을 보다 친근하고 친숙한 도시로 브랜딩해오고

있습니다.

저자와의
합의하에
인지첩부
생략

맛집투어
다녀오겠습니다! 부산여행편

2019년 9월 25일 초판 1쇄 인쇄
2019년 9월 30일 초판 1쇄 발행

지은이 FOOSAN
펴낸이 진욱상
펴낸곳 (주)백산출판사
교 정 박시내
본문디자인 이문희
표지디자인 오정은

등 록 2017년 5월 29일 제406-2017-000058호
주 소 경기도 파주시 회동길 370(백산빌딩 3층)
전 화 02-914-1621(代)
팩 스 031-955-9911
이메일 edit@ibaeksan.kr
홈페이지 www.ibaeksan.kr

ISBN 979-11-90323-37-6　03800
값 8,000원